传统武术入门丛书

# 武术单操技法



郑建平——编著

山西出版传媒集团
山西科学技术出版社

**图书在版编目（CIP）数据**

武术单操技法 / 郑建平编著 . — 太原 : 山西科学技术出版社，2023.6

（传统武术入门丛书）

ISBN 978-7-5377-6241-0

Ⅰ . ①武… Ⅱ . ①郑… Ⅲ . ①武术－基本知识－中国 Ⅳ . ① G852

中国国家版本馆 CIP 数据核字（2023）第 040443 号

# 武术单操技法

WUSHU DANCAO JIFA

| | |
|---|---|
| 出 版 人 | 阎文凯 |
| 编　　著 | 郑建平 |
| 策划编辑 | 徐俊杰 |
| 责任编辑 | 徐俊杰 |
| 封面设计 | 许艳秋 |
| 出版发行 | 山西出版传媒集团 · 山西科学技术出版社<br>地址：太原市建设南路 21 号　邮编：030012 |
| 编辑部电话 | 0351-4922107 |
| 发行部电话 | 0351-4922121 |
| 经　　销 | 各地新华书店 |
| 印　　刷 | 山西基因包装印刷科技股份有限公司 |
| 开　　本 | 889mm × 1194mm　1/32 |
| 印　　张 | 2.5 |
| 字　　数 | 40 千字 |
| 版　　次 | 2023 年 6 月第 1 版 |
| 印　　次 | 2023 年 6 月山西第 1 次印刷 |
| 书　　号 | ISBN 978-7-5377-6241-0 |
| 定　　价 | 25.00 元 |

# 总序

中华传统武术博大精深，是中华民族优秀传统文化之瑰宝，蕴含着中华民族传统文化的诸多要素，具备崇德尚武、修身养性、防身自卫等特点。

中华武术是远古劳动人民在长期狩猎、自卫、生活实践中形成的一种攻防格斗技术，在近代发展成为一种民间传统体育项目。传统武术赖以生存的“感悟”“修炼”“天人合一”等武学文化思想在中华大地乃至全球传承发展。

当前，国家相关部门大力倡导将竞技武术、传统武术及现代搏击运动并行推广，这将传统武术提到了应有的高度，是传统武术进一步发展的良好机遇。

能把我从武多年来的亲身经历和习拳经验，尤其是传统武术功法修炼的方法，贡献给热爱武术运动的人们，为中华传统武术的进一步传承发展做点贡献，是我整理出版“传统武术入门丛书”的基本动力。

本丛书从武术桩功法、武术内功心法、武术单操技法、武术入门套路、武术实战技击五个方面，系统地介绍了中华传统武术的整体练习方法。

本丛书的编写出版得到了《中华武术》首任主编昌沧先生，我的恩师、“中华武林百杰”“中国武术九段”“中华浑元武术创始人”张希贵先生，河津市“和易拳社”社长买正虎先生等前辈、同人的鼎力支持和帮助。同时，本丛书摄影人员丁辉、马强、陈博等，侯凤长、孟凡彬、赵启忠、陈仲生、梁爽、郭欣钰、郑晨，以及配合实战演练的丹尼尔先生等同人付出了辛勤劳动，在此一并表示感谢。

由于本人水平有限，书中不妥之处，敬请各位前辈、同人及广大读者予以指正。

郑建平

壬寅年夏于北京

# 目录

# 第一章 武术单操技法概述

武术单操技法，又称“单操”，即将某个拳种或单个武术项目的某一特定招式或者某组合招式的动作进行单独重复操练，是中国传统武术的核心修炼功法。

20 世纪 90 年代，中国形意拳名家张希贵先生在总结、继承前辈优秀传统武学的基础上，精研中华武术各家功夫，博采众长，创一门之拳。其中，和合拳十二式单操手是中华浑元武术的基础，属于筑基功夫，功法内含“旋腕捋手、靠打、拂袖、抡臂、钻云、翻桨、绞手炮、挑挂、圈拦、裹肘、弹栽、双捋”等训练要素，适合初学者和有一定基础者进行学习。

和合拳十二式单操手不同于其他单掌、单操动作，它的每一式动作都是一种实战技法，可以拆开进行单式练习，可定步练手法，也可活步手脚并练，还可将几种手法进行组合训练。每一式都可以作为一个小套路反复练习。通过十二式单操手训练，习练者的手、眼、身、步可以更加灵活、协调，同时可以增强应变能力，为以后的实战技击（打手）训练打下基础。

本书介绍的十二式单操手均以左合手式作为起式动作进行讲解，其中每式有顺式、拗式之分。同样可以以右式作为起式动作，动作同左式，唯左右方向相反，左右式可交替练习。练习时要注意左、右、顺、拗对称平衡研修，熟练运用。

各式单操练习应配合呼吸，合吸伸呼，伸呼合吸，仅供参考，不必强求。势合呼吸十分重要，要根据实际单操训练时动作的快慢、力道的强弱加以调整。

# 第二章

# 和合拳十二式单操技法

## 第一节　歌诀

开势浑元气和合，步转肩随合手立。

势合呼吸千万把，百通莫如一艺精。

抹辫捋搂刁拿功，此招出手令人惊。

四象和合一势精，和合拳里袭传承。

万马军中何御英，唯有披风分阴阳。

缠转滚翻斜身靠，左右开弓似分鬃。

出手扇耳反抹眉，上步横栏疾进步。

绞花反手用腰胯，龙虎二劲合击出。

山穷水尽疑无路，两面交手似翻浆。

不到人与人相靠，抡挑盖穿难放光。

斜身绕步走偏门，翻身摘胯欺身进。

下合上拍燕钻云，抖搜掏摔迎敌来。

刁腕接手绕步走，贯耳击掌摇身进。

乱环之中好锁喉，恰似艄公翻桨来。

前摆上扣步盘旋，绞手砸截五花手。

左右连击不停歇，盖马四拳炮连环。

左右勾踢连环腿，踩步藏身手撩阴。

束身上挑撅臂手，上挂撩阴响六下。

雪花盖顶为下走，缠头摆尾虎步托。

圈拦摔掌左右走，旋拦走旋手中手。

横穿裹肘似穿梭，左封右护束身走。

阴阳变换上下截，铁门栓中连环捶。

回身横捌掌前插，双峰贯耳勾手抓。

猛虎旋身击踩扑，插拍弹栽撤步捶。

压打指裆翻身捋，云顶架打窝心炮。

脚踏中门抢地位，蛇形钻打又一捶。

## 第二节　动作名称

第一式　捋手

第二式　野马分鬃（斜身靠打）

第三式　迎风拂袖（进步扇耳）

第四式　青龙出水（左右劈穿）

第五式　燕子钻云（下合上拍）

第六式　艄公翻桨（左右击掌）

第七式　盖马四拳（五花炮）

第八式　响六下（撩阴掌）

第九式　圈拦手（旋拦手）

第十式　铁门栓（裹肘横穿）

第十一式　撤步栽捶（插拍弹栽）

第十二式　云顶双捋（双捋架打）

## 第三节　动作图解

### 第一式　捋手

歌诀

开势浑元气和合，步转肩随合手立。

势合呼吸千万把，百通莫如一艺精。

抹辫捋搂刁拿功，此招出手令人惊。

四象和合一势精，和合拳里袭传承。

## ⊙ 动作说明

### 动作一：预备式

两腿并立，两手自然下垂，呈立正姿势。两眼平视前方，全身放松，实腹空胸，头正项直，舌顶上腭，齿扣唇闭，心无杂念，呼吸自然。（图 1）

### 动作二：合手式

身体微向左转，右脚内扣，向右后方撤半步，左脚内收，脚尖点地，两腿微屈，呈左虚步式。同时，两臂在身前交叉，左下右上，掌心向两侧。目视左前方。（图 2）

图1

图2

所有单操的预备式动作均使用此合手式，后文不再赘述。

**动作三：左横捋**

左脚上步，右脚跟进半步。同时，左臂外旋前横，随即，左手内旋、半握、下捋；右手内旋，随之下落于胸前。（图3、图4）

图3　图4

**动作四：右横捋**

上动不停，右脚上步，左脚跟进半步。同时，右臂外旋前横，随即，右手内旋、半握、下捋；左手内旋，随之下落于胸前。（图 5、图 6）

图5　图6

### 动作五：捋手回身

接上动，左掌前抹。动作不停，左脚向前外摆上步，身体左转，右手屈肘护顶。随即，右脚向左脚尖前扣脚、上步，身体左转，退左步，两小臂交叉，做逆时针云顶，向左下方做双捋手。（图 7 至图 9）

图7

图8

图9

以上动作左右势交替练习4–8趟，动作要求相同，唯手脚左右相反。行进间进行活步练习。

以下各式要求均相同，不再赘述。

动作六：收式

接上动，左脚内扣，身体右转90度，两脚平行站立。同时两掌向上、向内，经身前下按于腹前，掌心向下，掌指相对。目视左侧。随即，左脚向右脚并拢，身体立正。同时，两掌自然下垂于体侧。目视前方。（图10至图12）

所有单操收式动作均相同，后文不再赘述。

⊙ 训练要求

本式主要训练捋手的灵活度、准确度，要求手指放松，精神专注，上练手腕旋扣，下练桩步稳固。手腕刁、扣、翻、捋由轻到重，由慢到快，逐渐加大劲力，注意配合呼吸。

## 第二式 野马分鬃（斜身靠打）

歌诀

万马阵中何御英，唯有披风分阴阳。

缠转滚翻斜身靠，左右开弓似分鬃。

图10

图11

图12

## ⊙ 动作说明

**动作一：起式**

左合手式，同前。（图 13）

**动作二：左摆右劈**

接上动，肩随步转，上体先右后左转，呈左踩鸡步。同时，左手先向左下拨，再向上护于右肩前。右掌由右向左劈，挺于腹前。目视前方。（图 14、图 15）

图13

图14

图15

**动作三：右势穿靠**

上动不停，右脚向右前方上步。同时，左手内旋，向左下采捋；右手外旋，向右前上穿靠、甩出。目视右前方。（图 16）

**动作四：右势插掌**

右脚向后退步，左脚向左前方上步，呈半马步。同时，右手向右下拨后，向上护于左肩前；左掌由左向右劈，停于右腰侧。目视左前方。（图 17、图 18）

图16

图17

图18

**动作五：左斜身靠**

上动不停，右脚蹬地转腰，呈左弓步。同时，左手外旋，向左上方甩手，甩手时身体要有斜靠意识；右手内旋，向右后下方采捋。目视左前方。（图 19）

**动作六：收式**

并步按掌，同前。

图19

## 第三式　迎风拂袖（进步扇耳）

### 歌诀

出手扇耳反抹眉，上步横栏疾进步。

绞花反手用腰胯，龙虎二劲合击出。

### ⊙　动作说明

动作一：起式

左合手式，同前。（图 20）

图20

**动作二：右托左撩**

左脚向前上一步，屈膝，微弓。同时，左臂内旋，右臂外旋，两掌同时上托，手心向上，高于肩部。目视前方。（图 21）

**动作三：上步反劈**

右脚向前上一步，脚尖外摆，左腿蹬直。同时，左臂外旋，左手向左下劈出，停于左腰侧；右手顺势内翻停于身前。目视前方。（图 22）

图21

图22

动作四：左横

左脚向前上一步，屈膝前弓，呈左弓箭步。同时左臂从左向右上方横向拦击，掌心向上；右掌收于右腰侧。目视前方。（图 23）

图23

动作五：右抹

右手向前抹出，同时，左手收于左腰侧。目视右手。（图24）

动作六：左切

身体右转，重心右移。同时，右手刁抓，左手随身体右转，画弧，下切于腹前。目视左前方。（图 25）

图24

图25

动作七：收式

并步按掌，同前。

## 第四式　青龙出水（左右劈穿）

### 歌诀

山穷水尽疑无路，两面交手似翻浆。

不到人与人相靠，抡挑盖穿难放光。

### ⊙ 动作说明

动作一：起式

左合手式，同前。（图 26）

动作二：翻身左劈

身体右转，回身，呈右双弓步。同时，右手反劈，随即左手向前抡劈，落于右大腿外侧，掌心向外。右掌护于左脸侧，掌心朝外。目视前方。（图 27、图 28）

动作三：翻身右劈

接上动，身体以两脚掌为轴向左蹬转，收腹，坐臀，呈左双弓步。同时，带动两臂上下交叉，右手下劈，至左腿外侧并贴紧，手心朝外；左手翻拍后，上挂至右耳侧，

图26

手心朝外。目视前下方。（图 29、图 30）

**动作四：左提穿掌（右出水）**

接上动，身体右转，重心移至右腿，左脚上扣于右膝窝，呈右独立步。同时，右臂抡臂，右手收于右腰间；左手画弧，经头顶下按于右胸前；随即，右手向前上方穿出。目视右前方。（图 31、图 32）

图27

图28

图29

图30

图31

图32

**动作五：收式**

并步按掌，同前。

## 第五式　燕子钻云（下合上拍）

### 歌诀

斜身绕步走偏门，翻身摘胯欺身进。

下合上拍燕钻云，抖搜掏摔迎敌来。

### ⊙ 动作说明

**动作一：起式**

左合手式，同前。（图 33）

**动作二：左摆合手**

左脚向左前方上步外摆，腰向左拧。两手掌背相对，落于腹前。（图 34）

**动作三：右虚步甩掌（燕子钻云）**

右脚向左前方上步，脚尖点地，呈右高虚步。双手经腹、胸、口向上向两侧翻腕抖摔，手心向上，左掌略高于右掌。上体尽量挺胸后仰。目视右手。（图 35）

图33　　图34

动作四：右摆合手

上动不停，身体右转，右脚向右前方上步外摆，腰向右拧；两手掌背相对，落于腹前。（图 36）

动作五：左虚步甩掌（燕子钻云）

左脚向右前方上步，脚尖点地，呈右高虚步。双手经腹、

图35

图36

胸、口向上向两侧翻腕抖摔，手心向上，右掌略高于左掌。上体尽量挺胸后仰。目视左手。（图 37）

**动作六：收式**

并步按掌，同前。

图37

## 第六式　艄公翻桨（左右击掌）

### 歌诀

刁腕接手绕步走，贯耳击掌摇身进。

乱环之中好锁喉，恰似艄公翻桨来。

### ⊙ 动作说明

**动作一：起式**

左合手式，同前。（图 38）

图38

**动作二：绕步左刁**

左脚向前上步。同时，左手向前平掳，掌心向前，掌尖向右；右掌变拳收于右肋侧。目视左掌。（图 39）

**动作三：上步右翻桨**

右脚上步，脚尖里扣，左脚蹍地，身体左转 180 度，呈左弓步。同时，左掌内旋，右拳变掌，向左掌处合击。目视前方。（图 40）

图39

图40

**动作四：绕步右刁**

与动作二“绕步左刁”相同，唯方向相反。（图 41）

**动作五：上步左翻桨**

与动作三“上步右翻桨”相同，唯方向相反。（图 42）

图41

图42

动作六：收式

并步按掌，同前。

## 第七式　盖马四拳（五花炮）

歌诀

前摆上扣步盘旋，绞手砸截五花手。

左右连击不停歇，盖马四拳炮连环。

### ⊙ 动作说明

动作一：起式

左合手式，同前。（图 43）

动作二：左盖

左脚外摆上步，同时左拳向左外旋、下砸。目视左前方。（图 44）

动作三：右砸

身体左转，上右步。同时，左拳回收肋间，右拳向前下砸。（图 45）

动作四：左冲

左脚进步于右脚内侧。同时，左拳向前冲出，拳眼朝

图43

图44

图45

上；右拳收回肋间。目视前方。（图 46）

**动作五：右冲**

上动不停，右脚进步。同时，左拳回收，右拳向前冲出。目视前方。（图 47）

**动作六：收式**

并步按掌，同前。

图46

图47

## 第八式　响六下（撩阴掌）

歌诀

左右勾踢连环腿，踩步藏身手撩阴。

束身上挑撅臂手，上挂撩阴响六下。

图48

## ⊙ 动作说明

**动作一：起式**

左合手式，同前。（图 48）

图49

**动作二：左勾踢**

重心后移至右腿，左脚向右前勾踢。同时，两掌左右分掌，右掌上架于右额上，左掌向左后拨。目视左前方。（图 49）

**动作三：右勾踢**

身体左转，左脚尖外摆、落地；右脚向左前勾踢。同时，两掌左右分掌，左上右下。目视右前方。（图 50）

**动作四：踩步上架**

右脚向前摆脚、落地，呈右盖步。同时，左掌护于右腋下，右掌上架于头部上方。目视前方。（图 51）

图50

图51

**动作五：进步撩阴**

左脚前进半步，重心下降，呈双弓步。同时，左手前撩；随即右掌向下，经腰间向前撩出，手心朝上；左掌扶于右前臂内侧。目视前方。（图 52、图 53）

图52

图53

动作六：缩身上挂

重心后移至右腿，身体下蹲缩身，收左腿，呈左丁字步。同时，左手向前，经右手下回挂至左面前；右手变拳，内收至左肩内侧，拳心向下。目视前方。（图 54）

动作七：收式

并步按掌，同前。

图54

## 第九式　圈拦手（旋拦手）

**歌诀**

雪花盖顶为下走，缠头摆尾虎步托。

圈拦摔掌左右走，旋拦走旋手中手。

### ⊙ 动作说明

**动作一：起式**

左合手式，同前。（图 55）

图55

### 动作二：左圈拦摔掌

右脚先向前上步，随即左脚向前上步，呈左高虚步。同时，左掌由前向左平掳，右掌收至右腰侧。右掌向左前平拦，左掌收至左腰侧。随即，左掌经右掌背上向前抖腕摔出，掌心向上，高与眉齐；右掌收至左腋下，掌心斜向下。目视左掌。（图 56 至图 58）

要点：左右手动作保持一致。

图56

图57　　图58

**动作三：右圈拦摔掌**

接上动，左脚左移，右脚前进，呈右高虚步。同时，右掌由前向右平捞，左掌收至左腰侧。左掌向前平拦，右掌收至右腰侧。随即，右掌经左掌背上向前抖腕摔出，掌心向上，高与眉齐；左掌收至右腋下，掌心斜向下。目视右掌。（图 59 至图 61）

图59

图60

图61

## 动作四：收式

并步按掌，同前。

## 第十式　铁门栓（裹肘横穿）

歌诀

横穿裹肘似穿梭，左封右护束身走。

阴阳变换上下截，铁门栓中连环捶。

⊙　动作说明

动作一：起式

左合手式，同前。（图 62）

图62

动作二：缩身捌肘

左脚向左移步，屈膝半蹲；右脚收于左脚内侧，呈丁字步。同时，左手向左平掳，变拳，收于左腰间；右掌经右腰侧变拳，向左前竖臂格挡于右肩前。目视前方。（图63）

图63

动作三：铁门栓

身体右转，右脚向右移步，呈右弓裆步。同时，左拳外旋，向前横击，拳眼朝左；右拳内旋，收于腰间。（图64）

图64

**动作四：连环冲锤**

左脚向前上步，呈半马步。同时左拳下砸，随即右拳、左拳做连环冲捶，拳眼朝上。目视左前方。（图 65 至图 67）

**动作五：收式**

并步按掌，同前。

图65

图66

图67

## 第十一式　撤步栽捶（插拍弹栽）

歌诀

回身横捌掌前插，双峰贯耳勾手抓。

猛虎旋身击踩扑，插拍弹栽撤步捶。

⊙　动作说明

动作一：起式

左合手式，同前。（图 68）

图68

**动作二：横捌插掌**

身体向右后转，右脚右移，呈右弓步。同时，右手向右上横捌，高与肩平，左掌变拳，收于左腰侧。随即，左拳变掌，向前上穿，合于右掌上。目视两掌前方。（图 69、图 70）

**动作三：撤步合击**

右脚向后退步。同时，两手向后经腰两侧向后捀击，随即俯身向前合掌击出。（图 71、图 72）

图69

图70

图71

图72

动作四：后插

两脚不动，身体直立，重心稳定。同时，两臂内旋，向两腰后侧插出至身后，变双勾手。（图 73）

动作五：合手扑掌

左脚内扣，身体向右后转 180 度；右脚先回收，虚步点地，随即向前上步，呈右蹬山步。同时，两勾手变掌，向前上方合击后，下采于腹前，随即向前扑掌。目视两掌前方。（图 74 至图 76）

图73

图74

图75

图76

动作六：撤步捭手

重心后移，右腿向后撤步，身体右转 90 度，呈骑乘步。同时，两掌向大腿外侧捭击分开。目视右掌。（图 77）

动作七：半马栽捶

两臂内旋，由外向内画弧栽拳，置于两膝内侧。目视左前方。（图 78）

动作八：收式

并步按掌，同前。

图77

图78

## 第十二式　云顶双捋（双捋架打）

歌诀

压打指裆翻身捋，云顶架打窝心炮。

脚踏中门抢地位，蛇形钻打又一捶。

### ⊙ 动作说明

动作一：起式

左合手式，同前。（图 79）

图79

动作二：马步压打

身体向右后转约 180 度。右脚向右后方跨半步，两腿屈蹲，呈马步。同时，右臂外旋，右手变拳，右拳心翻转向上，从上向右下砸击，高于右膝；左手变拳，左拳收抱于腰间。目视右拳。（图 80）

图80

动作三：弓步架打

左脚尖蹍地，左腿屈膝后蹬，呈右双弓步。同时，右臂内旋上架；左拳从腰间向前冲出，力达拳面。目视前方。（图 81）

动作四：翻身双捋手

右脚内扣，身体向左转约 180 度，左脚收于右脚内侧，脚尖虚点地面，呈左虚步式。同时，两拳变掌，从身后向上再向左抡臂下捋。目视前方。（图 82、图 83）

图81

图82

图83

**动作五：马步架打**

左脚向前上一步，两腿屈蹲，呈马步。同时，两掌变拳，右臂屈肘上架，左拳向前冲出，拳眼向上，力达拳面。目视前方。（图 84）

图84

动作六：进步钻打

左脚外展，右脚上步，两腿半蹲，呈半马步。同时，两臂先向后抡，经右侧再将左臂内旋，拳心翻转向上，屈肘上架；右拳经腰间向前冲击，拳眼向上，力达拳面。目视前方。（图 85）

动作七：收式

并步按掌，同前。

图85